點‧解‧激進化

當極端思想和暴力行為成為一種全球現象……

一國兩制研究中心

目錄

引言

記得兩年前，在國際新聞上看到兩則事件。一是發生在紐西蘭的基督城，一名澳洲籍男子先後闖進兩座伊斯蘭清真寺亂槍掃射，導致 51 人死亡，49 人受傷，在報道中看到「白人至上主義」、「族群主義者」的形容詞。另一則是發生在斯里蘭卡的連環爆炸案，與恐怖組織「伊斯蘭國」有關，而施襲者據報大多「受過良好教育並來自中產或以上家庭背景」。

同樣是兩年前，香港遭遇回歸以來最嚴重的社會動亂。事件的震撼性在於香港這個被譽為「繁榮」、「穩定」、「安全」的城市，一夕之間，點燃爆發，暴力和不安席捲全城。隨後陸陸續續出現了大家意想不到的畫面，意想不到的是這些動亂、襲擊會發生在香港，意想不到的是做出這些行為的是日常生活可見的香港人。動亂過後，一些案件的涉案人身份曝光，驟眼一看，他們也就是普通香港人，「正常」不過，到底為甚麼會參與暴力行為？實在讓人疑惑、擔憂、甚至恐懼。在反思當初點燃爆發的藥引時，令人想起同年發生在基督城、斯里蘭卡的事件，我們似乎不能以單純的個人因素去解釋這種情況。

恐懼源自無知。跳出個人因素層面，嘗試從社會角度探究這一系列事件，我們就來到這個題目：「激進化」。香港過去對這種議題不太熟悉，香港人的「務實」、「醒目」形象與「激進」看來相距甚遠。但放眼全球，確實有不少地方出現激進主義、甚至從中衍生暴力行為，不禁讓我們反思，「激進化」

作為一種全球現象，香港是否也難以倖免？如此一來，我們有需要更進一步了解「激進化」。

於是，一國兩制研究中心開展了一個研究計劃，從國際情況、經驗、分析入手，採納廣泛的國際研究、專家報告為參考，將「激進化」的情況、成因、傳播途徑、應對方法予以梳理。我們亦決定將多個月來的努力所得，整理編輯成小書一本，與社會大眾分享相關研究成果。作為一個概括的介紹與參考，此書更重要的用意是想引起社會（尤其是教育界、家長、非政府組織）對「激進化」問題的關注，防微杜漸。

這本小書名為《點·解·激進化》，書名有三重意義。一是字面意思的「點解」，探究全球的激進主義為何、如何冒起，以及當中如何衍生出暴力事件。二是「激進化」的概念沒有單一定義，在現實世界的呈現中更為複雜，所以這本書嘗試協助讀者去「理解」激進化，掌握當中的脈絡。最後一點，是我們希望可以在引起大家關注後，與全球「反激進化」的力量同心協力，進一步提倡怎樣「紓解」激進化，拋磚引玉，集思廣益，凝聚力量，重建和諧。

2021 年 7 月

第一章

甚麼是「激進化」？

甚麼是「激進化」？

了解「激進化」不是一件容易的事。

「激進化」這個概念很多時候會令人聯想到「暴力」、「極端主義」、甚至「恐怖主義」，甚或交替使用。

不同的國際組織對於「激進化」的定義不盡相同：

「激進化」的出現通常伴隨著（尤其對社會現況的）挫折感和不滿情緒；而將責備他者作為疏導自身負面感受的方法，甚至將他者作為發洩對象，就是「激進化」的表現。當受「激進化」所影響的人開始利用**暴力**作為其表達的手段時，就會出現暴力極端主義、甚至恐怖主義。[1]

聯合國開發計劃署，2016 年

「激進化」是一個人接納與社會主流意識形態和觀點相反的極端主義信念的過程，而該過程可能引起或直接導致其作出以**暴力**為根本目的的行為，例如恐怖主義。[2]

國際紅十字會，2016 年

「激進化」是一個人接受極端的政治、社會或宗教思想和抱負的過程。受「激進化」思想影響的人抗拒包容他人、社會多樣性、以及他人的選擇自由；而這種極端主義很容易導致他們針對不認同其極端主義思想的人們施以**暴力**。[3]

歐盟委員會，2016 年

與「激進化」相關概念的梳理

激進主義

歐盟委員會暴力激進主義專家小組（European Commission's Expert Group on Violent Radicalisation）將「激進主義」定義為：「倡議和致力於大幅度地改變和重組現有政治或社會情況，突破傳統和既有限制，在意識形態上挑戰現有的秩序和政策」[4]，但強調其本質不必然導致暴力。

極端主義

聯合國教育、科學及文化組織（UNESCO）將「極端主義」定義為：「相信和支持極度遠離主流群眾認為正確和合理的思想」[5]。極端主義與激進主義在內涵上很接近，但具有程度上的分別 ─「極端」的思想和行為，基本上就是不正確或不合理。

恐怖主義

聯合國安全理事會（United Nations Security Council）將「恐怖主義」定義為：「恐嚇或強逼政府或國際組織去做或不做任何行為，並造成一個人、一個群體或公眾恐慌」[6]。因此，恐怖主義在本質上具有政治性質，是一種外化成暴力的極端主義，亦是經歷「激進化」過程後的一種「終極」表現形式。

暴力與「激進化」的關係

「激進化」的過程受到各種條件因素影響，不必然導致暴力行為。然而，極端思想難以與極端（暴力）行為完全割裂，而極端主義的廣泛傳播更是造成社會較大規模**暴力**衝突事件的重要因素之一。有學者亦指出，「激進化」是一種逐漸接受「以恐怖主義和**暴力**為改變政治現實的手段」的合法性的心理轉變。[7]

觀乎不同國際組織對「激進化」及相關概念的定義，我們可以得出一個重要信息：「激進化」是一個容易導致**暴力**的過程 ── 而這正正就是「激進化」的問題所在。由此，我們在理解「激進化」的時候，不能將之與「暴力」切割，兩者沒有必然關係，但又經常一併出現。

「激進化」是一個容易趨向「暴力」的過程

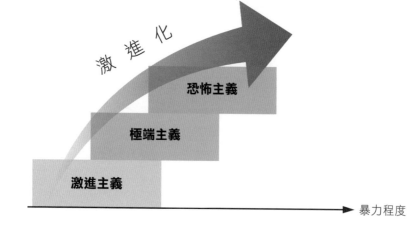

「激進化」的類型

以下列出對於「激進化」的不同分類方法，以不同視角為切入點，理解「激進化」的本質。

1. 以對暴力的態度劃分

學者 Conrad Winn、Christian Leuorecht 和 David Skillicorn 把「激進化」人士根據其行為分成 4 種類別：[8]

1）「恐怖份子」—— 直接參與政治暴力的人士；

2）「激進人士」—— 以非暴力但不合法手段參與政治的人士；

3）「活躍份子」—— 支持以暴力或非法手段參與政治的人士；

4）「同情者」—— 同情以非暴力但不合法手段參與政治（激進份子）的人士。

2. 認知激進化 VS 行為激進化

認知激進化即思想上的激進化，可分為兩個層面。一、信念的激進化，即一個人逐漸相信和接納極端思想的過程。二、暴力接受程度的激進化，即越來越接受暴力作為表達極端思想的一種行為表現。[9]

行為激進化即一個人將其行動程度升級，以表達其（激進）思想。行動程度升級又以行為的暴力程度及其（暴力）行為對他人造成的影響為主。行動向越來越暴力亦是「激進化」的一條主要路徑。[10]

3. 個人激進化 VS 群體激進化

個人激進化是獨立一個人的思想或 / 和行為激進化，最明顯的的例子為「孤狼式」襲擊者（lone-wolf perpetrator）。

群體激進化主要指極端主義組織或恐怖主義組織的行為，成員在組織內共同經歷思想或 / 和行為上的激進化。[11]

「激進化」人士的四種類別

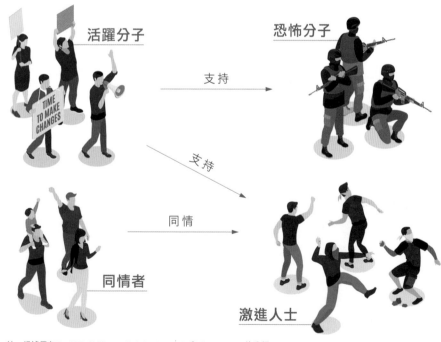

註：根據學者 David B. Skillicorn, Christian Leuprecht 和 Conrad Winn 的分類

無論對社會的前線工作者抑或是對學界而言，理解「激進化」均是極大的挑戰。有學者甚至指出，因為「激進化」可能由多種複合因素導致，以簡單的模型去理解「激進化」是扭曲了極端主義在現實中的複雜性。[12]

為方便理解，綜合以上的闡釋及分類，本書對「激進化」的定義為：

- ■ 「激進化」是一個人逐漸接受「以暴力手段達致意識形態或政治目的」的心理轉變過程。

- ■ 在各種不利的社會條件或促成因素下，部分人士可能由於負面情緒的持續積累，漸漸接納與社會主流意識形態偏差的極端思想。

- ■ 受「激進化」影響的人很可能在表達其情感、展示其訴求的過程中，意圖或實際上作出暴力行為，甚或用其他方法支持由其他人作出的暴力行為。

第二章

「激進化」的情況和影響

「激進化」的情況和影響

如何分析「激進化」的影響？

由於「激進化」的表現方式是多樣且複雜的，我們難以提供一個全面有效地量度「激進化」的科學指標。此外，如果某些極端主義思想停留在「未訴諸具體行動」的階段，我們也無法對相關現象做出觀察。

恐怖主義不但是暴力極端主義最常見的表達模式；**絕大部分參與恐怖主義活動的人士都經歷過「激進化」的過程**，並學習到相關極端思想。為了對「激進化」在全球範圍的情況作出比較分析，本部分將會從「恐怖主義」活動入手，作為衡量全球「激進化」情況的參考。

不過，我們必須強調，**恐怖主義事件並不是衡量所有「激進化」過程的唯一指標**，其他暴力犯罪過程、參與激進團體活動、社交媒體上的暴力和仇恨言論等也可以作為「激進化」現象的例證。

然而，為了對全球的「激進化」情況作宏觀分析及比較，本章只採用恐怖主義事件作為闡述「激進化」的影響的例子。

恐怖主義的情況

自 2001 年以來，全球恐怖主義所導致的死亡人數一直呈上升趨勢，並在 2014 年達到頂峰。2014 年，共有 33,000 人死於恐怖襲擊或相關活動。2014 年後，敍利亞內戰衝突稍微緩和、恐怖主義組織「伊斯蘭國」部分解體、不同國家內部以及國家之間均在反恐事件上加強協調，使得各地相關數字顯著回落。然而，阿富汗從 2009 年到 2019 年間因恐怖主義所導致的死亡人數翻升 4.4 倍；而在歐美為主的西方國家中，右翼極端恐怖主義所引致的死亡人數從 2014 年的 11 人翻升至 2019 年的 89 人，五年來升幅驚人地超過 7 倍。[13]

恐怖主義所導致的死亡人數（2002-2019）

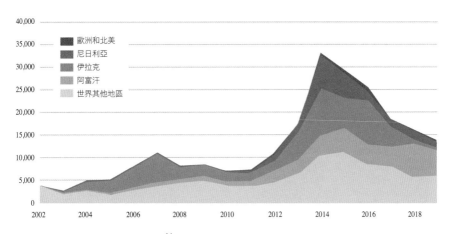

數據來源：《Global Terrorism Index 2020》[14]

2019 年，有 90 個國家至少發生了一宗恐怖主義事件；當中，有 63 個國家均錄得了至少一人死亡的恐怖襲擊事件。受恐怖主義影響最大的首五個國家分別為阿富汗、伊拉克、尼日利亞、敍利亞和索馬里，第六位為目前仍在內戰狀態的也門，而南亞的巴基斯坦和印度則分別佔第七、八位。在過去十幾年的時間中，受恐怖主義影響最大的地區依次為中東以及北非地區（MENA）、南亞、以及撒哈拉以南非洲。

世界各地恐怖主義案件及其導致的死亡人數的分佈（2002-2019）

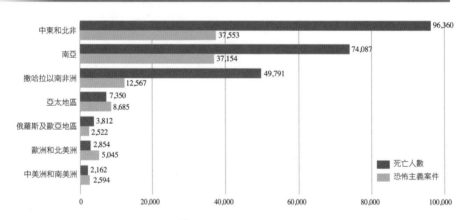

數據來源：《Global Terrorism Index 2020》[15]

同時，與上一個十年比較，2010 年代由恐怖主義所導致的死亡人數比 2000 年代高出 2.5 倍，而自 2012 年起，每年均有超過 60 個國家錄得至少有一人死於恐怖主義行為。這些數據都證明了，近 10 年的恐怖主義比 10 年以前更要嚴重，而且對人民的實際人身安全造成更嚴重影響。

恐怖主義在全球所導致的死亡人數

2010 年代恐怖主義所導致的死亡人數比 2000 年代高出超過 2.5 倍。

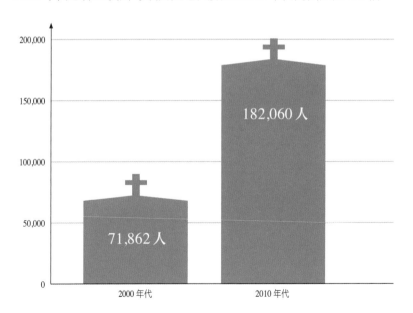

數據來源：《Global Terrorism Index 2020》[16]

極右極端主義的危機

過去，恐怖主義事件比較頻繁的地區主要集中在存在伊斯蘭教徒的國家，例如中東、非洲、南亞等地區。然而，「激進化」和暴力極端主義亦在其他不同區域和國家逐漸抬頭，並引起關注。

自伊斯蘭國於 2014 年逐漸沒落後，極右翼極端主義正在西方國家民粹主義和「公民抗命（civil unrest）」的土壤中醞釀出愈趨暴力的行為。在 2019 年，與極端主義有關的 108 個死亡個案中，有 89 人被極端右翼主義份子所殺害。2019 年 3 月份，紐西蘭基督城清真寺槍擊案導致 51 死，49 傷。5 個月後，美國德州埃爾帕索槍擊案導致 23 人死亡，至少 23 人受傷。值得關注的是，這兩宗槍擊案均只由一位槍手策動。

經濟與和平研究院（Institute for Economics & Peace）將恐怖主義行為分成三大類，分別是政治、國族主義／分離主義、宗教所驅動的恐怖主義。在西方國家中，宗教恐怖主義固然是造成眾多的傷亡；然而自 2002 年起，政治驅動的恐怖主義襲擊事件的數目一直多於宗教恐怖主義襲擊。

西方國家中宗教與政治恐怖主義的比較（2002-2019）

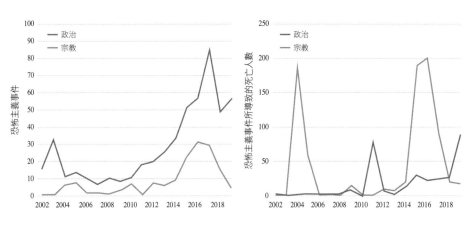

數據來源：《Global Terrorism Index 2020》[17]

以美國為例，分析認為，近年美國政治暴力事件的增加，與民眾逐漸接受「使用暴力作為實現政治目的的工具」有莫大的關係。有研究指出，人們對於暴力接受程度有所提升，並反映在他們社交媒體上使用的言語更具敵對、暴力和威脅性質。[18]

目前，極右翼極端主義的暴力行為暫時主要為情緒驅動，欠缺中央統籌和組織。然而，如果人們對於政治和社會現實的不滿沒有被消解，政治暴力行為的加劇化（intensification）和組織性（organization）將有可能大大增加，威脅社會的和平穩定。[19]

暴力極端主義行為的影響

任何恐怖主義行為的出現，不論因由，其結果對社會都是百害而無一利的。這些暴力極端主義行為會造成無辜的死傷，受害者最基本的生存權利被剝奪，任何社會都不願見到這些悲劇發生。

同時，不同程度的暴力行為會對社會情緒造成傷害。就如處於戰時狀態一樣，地區的混亂、不穩定性會導致「人心惶惶」，普通市民會對政府和社會穩定失去信心，引致社會性的悲傷、怨恨或憤怒等負面情緒。當出現暴力行為時，社會上是沒有「贏家」的 ── 這已經是一種國際共識。

聯合國毒品和犯罪問題辦公室（UNODC）表示，經歷過恐怖主義襲擊的人可能會患上**創傷性的後遺症**，對一個人的心理健康造成嚴重影響。不少恐怖襲擊的生還者會因為失去親人而感到恐懼、驚嚇、焦慮、慚愧、侮辱、自責、憤怒、怨恨等，更甚者會感到無奈與無助，形成巨大的心理衝擊。集體創傷對一個社群而言更是非常嚴重的問題。雖然，有研究顯示一個團體會在遭遇襲擊和損失後更顯團結，惟這只是在一輪不安、恐懼、喪失自信的情緒下衍生的副產品。[20]

恐怖主義會影響社會氣氛，使社會成員對周邊的環境失去信心和安全感，降低他們的幸福感（well-being）。情緒健康對任何人來說均非常重要；有美國的研究顯示，經歷過槍擊事件的人民的情緒健康和社區認同感與普通人民有明顯的差距。[21]

在造成嚴重的人命傷亡及隨之而來的社會性影響外，恐怖主義也會迫使該社會付出巨大的經濟成本，甚至對該地區的經濟造成嚴重打擊。一方面，恐怖主義造成直接的人命傷亡以及對建築物的破壞，直接損害生產能力和效益。另一方面，恐怖主義的出現會導致一些長期問題，例如旅遊、貿易、投資等行業的收入減少，政府在反恐和維護社會安全的開支增加，當地人民所受到的生理和心理傷害及其所引發的一連串經濟和社會成本等。[22]

在 2010-2013 年間，與索馬里接壤的肯尼亞飽受多宗與阿爾蓋達有關的恐怖主義襲擊，導致當地市民甚至遊客的死傷情況，也對當地建築物造成嚴重損害。2013-2015 年間，肯尼亞的旅客數字嚴重下跌，2015 年首五個月的旅客數量更比上一年同期大跌 25%，對該國旅遊業造成「地震式」的影響。2014 年的旅客收益亦較 2013 年下跌 16.7%，酒店和餐飲業收益下跌 10%。當地政府的統計數據顯示，旅客人數和活動的減少使得旅遊業界每天損失接近一百萬美元的受益。除了旅遊業，當地所接受的外國直接投資（FDI），以及肯尼亞內羅畢股票交易市場亦受影響。肯尼亞統計局、肯尼亞投資管理局以及其中央銀行在 2015 年所發表的研究報告指出，約 70% 的投資者認為當地的安全情況有下跌的趨勢，而報告亦顯示當地外國直接投資淨額下降了 GDP 的 14%。[23]

聯合國開發計劃署肯尼亞辦公室指出，恐怖主義和暴力極端主義對社會的生產效能和經濟發展造成嚴重影響，而商業機構在社會安全不穩定的情況下難以繼續投資和營運，或會大量增加其營運成本（例如購買更昂貴的保險、增

強安保系統等）。同時，**恐怖主義會導致更嚴重的多重社會不平等、嚴峻的貧窮問題以及高企的青年失業率**。[24] 這些結構性問題對於一個國家的長期社會和經濟發展會造成更多難以解決的困難，甚至有可能成為進一步醞釀「激進化」的條件。

暴力極端主義行為的影響

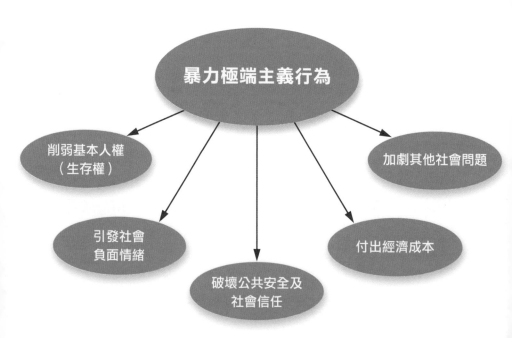

第三章

為何出現「激進化」?

為何出現「激進化」?

激進化是一個過程,不是突然發生的。多份學術報告和文件亦表明,**「激進化」沒有單一的「根本原因(root cause)」和途徑**,而是視乎社會生態和與個人行為的互動,因時、因地、因人而異。

要探討激進化的成因,我們可以分兩個層次。
一個是**「結構性風險因素」**,即一個地區深層次存在,會令出現激進化的風險增加的因素;
一個是**「促成因素」**,即有利激進化出現的因素。

結構性風險因素(structural risk factors)[25]

一個社會的有機組成十分複雜,而經年累月後,一個地方或會出現短期內難以改變或疏導的深層次問題。若這些問題有導致「激進化」的風險,我們則稱其為「激進化」的「結構性風險因素」。需要強調,**這些「結構性風險因素」並不必然導致「激進化」;而一個社會存在「深層次矛盾」,也不是合理化社會出現暴力行為、極端主義行為的理由。**

本節整合和梳理「結構性風險因素」的目的,是希望指出某些社會條件的出現,會增加「激進化」出現的風險,甚或導致社會大眾均不願見的暴力和極端行為。因此,社會須及早正視這些結構性因素,作出應對。

經濟下行、社會缺乏上流機會

當一個地區經濟發展停滯、社會向上流動性低，即不能為青年提供良好就業機會、未能降低貧富懸殊和失業率，一般市民未必能完全掌握背後複雜的成因，反而可能將經濟疲弱的情況簡單地歸咎於政府的無能，從而削弱政府的合法性。

一方面，政府缺乏威信會導致施政有效性減弱，繼而進入（合法性和施政有效性均下降的）惡性循環；另一方面，缺乏正當就業機會使失業者更有可能加入極端主義或暴力組織，從中獲得經濟利益和社會地位。

失業（尤其是青年）的問題，會導致有關人士感到被社會疏離，並造成一種負面情緒的積累，成為「激進化」的開端。統計數據顯示暴力與收入不平等有明顯的正向關係。特別在較貧困的國家，大規模失業問題是極端主義組織擴大其招募的「良好契機」。一些研究指出，伊斯蘭國向其「戰士」的支薪達到每個月五百元美金 —— 這對很多貧困人口而言是相當吸引的「回報」。[26]

聯合國報告指出，伊斯蘭國「戰士」的「月薪」達五百元美金（折合近港幣四千元），對於不少生活在貧窮線下的人口而言，已經是相當吸引的「回報」。圖為 2014 年，伊斯蘭國「戰士」在攻佔城市後，在街道上巡遊。

圖片來源：Reuters / Stringer [27]

政府未能為民眾提供普及的基礎社會服務，例如公共衛生、社會福利、基礎教育等，是暴力極端主義組織滋生的一大重要條件。在不少地方，恐怖主義組織確實成功為他們的支持者（甚至普通群眾）提供水源、糧食、教育、住宿、甚至一定程度上的衛生和安全保障。久而久之，群眾會越發依賴這些恐怖主義組織為其提供基本社會服務，一方面使得這些組織在群眾心目中「合法化」，另一方面大大降低政府的可信性和支持度。因此，當政府未能滿足人民的基本社會需求，被極端主義組織「乘虛而入」，激進思想很容易在群眾之間大規模傳播。[28]

與塔利班有聯繫的摩洛哥伊斯蘭戰鬥組織（Moroccan Islamic Combatant Group）大量地在當地最大城市卡薩布蘭卡的貧民窟招募教育程度低的青年人；而在塞拉利昂和尼日利亞，極端主義組織的中堅分子大部分均為無家可歸、失業、未婚、且未接受過正規教育的年輕男女。[29]

聯合國開發計劃署 2017 年《非洲極端主義的路徑》的報告中指出，缺乏基礎教育的人較容易受到激進和極端主義思潮的影響。相對而言，受過良好教育的人知道應如何參與社會運作，並且明白尊重社會上多元聲音的重要性。[30]

當然，踏上「激進化」路徑的人並不局限於貧困人口。有不少（尤其在發達國家的）研究顯示，走向極端主義思想，甚至最後成為恐怖分子的人，亦有出身自中產或以上的良好家庭背景。

以阿爾蓋達組織為例，無論是其領導人抑或是大部分積極分子，均接受過高等教育並出身中產家庭。美國 911 恐怖襲擊主謀、阿爾蓋達組織領袖的本·拉登曾任其家族企業的總工程師，而其繼任人扎瓦赫里（Ayman al-Zawahiri）亦擁有醫學碩士學位，是一名外科醫生。[31]

內部政治環境改變、認為自身公民權利被剝削

很多暴力極端主義群體的核心思想均與他們所認知或相信的社會不平等與腐敗有關。尤其是一國之內進行政權更替的時候，這些群體及其支持者容易產生挑戰現行制度的想法，通過社會運動、遊行示威的方法表達政治訴求，希望以此重組社會秩序，對既得利益重新進行分配。

對政治現狀和規則的不滿更是導致激進暴力行為的一大因素，「阿拉伯之春」（或更廣義的「顏色革命」）則是非常經典而且為人熟悉的歷史事件。

受到突尼斯茉莉花革命成功的影響，2011 年初埃及爆發了一系列大規模示威，抗議公民缺乏自由選舉和言論自由的權利、國家政治嚴重腐敗、並要求時任總統穆巴拉克下台。據媒體報道，四天的示威浪潮造成至少 105 名示威者死亡，超過 750 名警察和 1500 名示威者受傷。

2012 年初，埃及維權人士與大學生為紀念扳倒前總統穆巴拉克一周年發動罷工、罷課和示威抗議，表示國家狀況仍未改善。之後的總統選舉旋即由代表穆斯林兄弟會的穆爾西上台，但不久後敍利亞將穆斯林兄弟會列為非法組織，引起 2013 年埃及與敍利亞斷交風波。事件又緊接著釀成大規模街頭抗議和暴力流血衝突；軍方發動政變推翻穆爾西後，衝突進一步升級，不同的武裝團夥甚至阿爾蓋達組織也趁亂加入「戰團」，造成許多人命傷亡、財產損失、建築物受到破壞。

事件最後由軍方大規模清場,埃及衛生部報告一系列衝突最後造成 525 死、近 4000 人受傷,[32] 而這次事件也成為 2011 年埃及人推翻穆巴拉克政權以來死傷最慘重的示威衝突。

2011 年至 2013 年期間,埃及爆發多次大規模暴力示威,造成多人死傷。圖為參與 2012 年埃及暴力示威的人士。

圖片來源:Reuters / Mohamed Abd El Ghany [33]

除了國內政治環境變化引起的衝突以外,複雜的歷史和外部因素,例如殖民歷史的遺留問題或國際政治局勢改變的影響,亦容易引起內部矛盾、利益衝突或權力糾紛,矛盾升級下容易激化成暴力。

自上世紀 60 年代起，位處於澳洲大陸北面的新幾內亞島（西部，分別屬於印尼的巴布亞省和西巴布亞省）一直被當地的巴布亞分離主義所困擾。其起因是印尼於 1949 年承繼荷屬東印度獨立後，荷蘭拒絕交出荷屬新幾內亞，並在當地推動新幾內亞人獨立建國。1962 年起，荷屬新幾內亞交予聯合國託管，而 1969 年的公投則順利將新幾內亞併入印尼領土。然而，有聲音質疑該公投屬於黑箱作業，拒絕承認公投結果；自此，以脫離印尼統治、獨立建國為目標的分離主義組織「自由巴布亞運動（Free Papua Movement）」成立，並於西新幾內亞開展持續多年的武裝抗爭。

多年來，相關衝突並沒有緩和的跡象，據媒體報道，近年印尼警員以種族歧視話語侮辱巴布亞學生，導致暴力衝突爆發，[34] 而 2020 年更發生數宗巴布亞人疑被當地警方槍殺的事件，聯合國人權事務高級專員辦事處亦對此事表示關注，並要求印尼當局徹查。[35]

群眾對於社會公平和自身公民權利是否受到剝削的**主觀理解**，亦是「激進化」的主要風險因素之一。沒有任何社會可以實現「絕對平等」（即一個所有人平均分配的無差異社會），但倘若社會有部分人認為自己「受制度歧視」或「被邊緣化」，他們可能會將社會的一些現實和現象歸因於制度性問題，容易傾向使用暴力作為實現其政治訴求的手段，對社會制度和公眾秩序作出挑戰、甚至攻擊。

社會特定群體或組織之間的長期矛盾

社會上出現反感情緒的原因眾多,例如對某一宗教、種族或社群的厭惡,對歧視、貪腐或社會不公平的厭惡,持續社會矛盾或一件嚴重的社會事件所導致的悲傷或憤怒等。如果這種負面情緒持續發酵,有關人士若受他人煽動,很容易「情緒高漲」下極端化、暴力化,通過激進行為宣洩個人或集體情緒。

大多數「激進化」的過程均離不開大規模負面情緒的累積,而這亦反映出社會有某些長期未能解決或根深蒂固的矛盾。這些矛盾可能是來自國內不同種族、民族、社會階層之間的衝突。群體之間的矛盾未能和解,同時代表著一個計時炸彈已被埋下,隨時可能爆炸。

社會特定群體或組織之間的長期矛盾

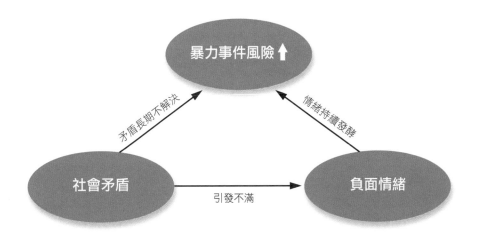

較為有代表性的現象是歐洲近年湧現的「反穆斯林」浪潮。自 2010 年爆發「阿拉伯之春」後，以難民身份或經濟移民方式進入歐洲的「非白種人」數量激增 — 他們主要來自中東、非洲和南亞 — 也是受恐怖主義襲擊影響最大的地區。不少國家均存在對於穆斯林難民或移民的反對聲音，因為難民的湧入使東道國的開支增加、公共財政惡化，同時他們亦懼怕伊斯蘭恐怖主義的滲透。

最早期在歐洲因恐懼或仇恨穆斯林所導致的「激進化」事件是 2011 年的挪威恐怖襲擊。犯案人是當時 32 歲的挪威國民 Anders Behring Breivik，他先是以汽車炸彈在奧斯陸殺死 8 個人，再大規模槍殺了 69 名青年。他具有強烈的「反穆斯林」傾向，並倡議歐洲應該驅逐所有穆斯林教徒；他更表示女權主義是歐洲文化的「自殺」，[36] 公開宣示他針對這些青年人作出襲擊的目的就是要向公眾宣揚他的理念。

「激進化」更是一種會傳染的思想。2011 年挪威恐怖襲擊後，捷克和波蘭分別出現 Breivik 的「仰慕者」，以他為效仿對象，希望在自己的國家作出同樣的「宣傳」行為。波蘭的 Brunon Kwiecień 更是當地著名院校克拉科夫農業大學化學工程學系的一名講師。據調查，Kwiecień 是受到挪威襲擊和1995 年美國俄克拉荷馬城爆炸案的「啟發」，並計劃以化學炸彈作出恐怖襲擊。波蘭國家情報局在調查過程中成功將其計劃搗破，歐洲才免於另一次恐怖襲擊所導致的大量無辜人命傷亡。[37]

促成因素（facilitation factors）

除了社會性因素以外，一些非宏觀因素也會因不同人士的背景、社群和個人經歷而促成他們的「激進化」過程。

本節內容整合自聯合國秘書長報告和科索沃政府的國家反恐策略，歸納三種導致這些激進主義人士將其思想訴諸暴力的「促成因素」。[38]

個人背景與經歷

一些創傷性個人經歷所造成的悲傷、侮辱和憤怒，尤其容易與激進主義產生共鳴，繼而將訴諸暴力作為宣洩這些負面情感的渠道。

每一個個體所作出的決定必然與其自身經歷有關，很多時候，重大事件對一個人造成的衝擊就是「激進化」的導火線。個人經歷可以分為認知經歷和情緒經歷：認知經歷代表著一個人對身邊環境及其變化的理解，而情緒經歷則是人們在認知層面上的心理變化。

這些心理變化是十分個人的，更可能是獨一無二的。一個走向「激進化」的人，必然會經過一個快速而不穩定的情緒波動過程，這些情緒的出現意味著一些重大的個人經歷。[39] **當一個人不知道如何在其原來所認知的社會中疏導**

自己的情緒，便會對社會失去信心，容易傾向一些不被大多數人所接受的極端意識形態。

> 除了特定的個人經歷以外，身邊親友的招攬，也是加入極端主義組織的常見原因。有曾經加入尼日利亞恐怖組織博科聖地（Boko Haram）的人士表示：「博科聖地襲擊我們村落的時候，我便認識了他們的成員 …… 後來，他們成立了一間伊斯蘭學校並強迫大家參與學習。逐漸地，我們跟他們的越來越熟，接下來他們就用軟硬兼施的手段招攬新成員加入。」[40]

集體受害情緒

自覺認為受到壓迫、迫害和侵略的記憶是「激進化」的「肥沃」土壤。被建構的「受害者敍述（victimhood narrative）」能引發簡單而強烈的反抗情緒，而如果這種情緒能在集體中共享，同時在極端主義領袖的煽動下，這個「受害者群體」很容易以過去所積累的仇恨為食，共同以報復心態將其情緒和訴求訴諸暴力。

研究顯示，一個人在重要個人經歷的反應和感受正正就是他們定義自己的重要組成部分。因此，如果某些特定條件導致他們採納了「受害者」的視角，而這些在記憶中的條件再出現時，一個人很容易將情緒和反應投射在新出現的條件中。例如，如果一個女生在童年時期受過父親的暴力對待，長大後她

很可能在街上見到「打女人的男人」，甚至見到較為強壯、或有暴力傾向的男士，便會產生恐懼和憤怒。[41] 人的情緒記憶是非常深刻的，當這些**（負面）情緒不斷積累，終有一刻會爆發出來。**

集體的受害者情緒更容易導致難以解決的心理壓抑和社會矛盾。尤其是當「受害者群體」認為他們是被另外一群集體所「迫害」的時候，他們更加覺得所遭受的傷害是不應該的、不公義的、不道德的。**這一種集體情緒在某一個群體散發開來的時候，會埋下社會上難以解決的矛盾的禍根。**通常較為嚴重的事件，例如社會性對某族裔人種的歧視、大規模屠殺等，均是集體受害者情緒最容易醞釀的社會環境。[42]

社交媒體和不實信息

傳播極端主義思想，鞏固和深化集體受害者情緒，鼓動、策劃和組織暴力行動等，全部可以通過社交媒體「零成本」、「零距離」實現。這種做法是常見和有效的 —— 我們甚至難以想象在沒有社交媒體的情況下，極端思想如何得以全球性地傳播，恐怖主義組織如何能夠從世界各地招募「戰士」。

極端主義組織是互聯網最早期的使用者，而至今他們依然是最積極的一批使用者之一。伊斯蘭國正正是通過不同的社交媒體渠道建立其「全球品牌」，並在世界各地招募和動員近三萬名「戰士」。

各式各樣的**仇恨言論和煽動暴力的行為也因社交媒體的興起而有所增加**，政府和科技公司目前未有從法律和技術上完全將之杜絕。在某些地區，政府或社交媒體軟件會對網上內容進行審查和刪除，但傳播激進思想內容的渠道和數量何其多，而且並非所有仇恨、冒犯和極端主義的內容都是非法的。[43] 因此，雖然社會已經意識到了社交媒體在「激進化」過程中所扮演的關鍵角色，我們還是難以從這方面入手，國際上也鮮有社交媒體和網絡方面應對「激進化」的措施。

國際激進化和政治暴力研究中心（International Centre for the Study of Radicalisation and Political Violence，簡稱 ICSR）於 2014 年有關敘利亞武裝組織的研究指出，很多武裝組織的成員接收信息的渠道不僅限於所謂「官方」的社交媒體平台，更多的是一些與該組織無關，但在道德、政治上支持這種極端主義的「同情者」的平台。這種「同情者」甚至不需要是敘利亞人、也不需要身處敘利亞境內，是一個名副其實的「全球網絡」。該報告同時指出，營運社交媒體平台、散播信息、傳播指令的人員，通常都不會直接參與恐怖主義活動。他們積極扮演「啦啦隊」的角色，並為武裝分子提供精神支持和具體指導。[44]

第四章

「激進化」的傳播途徑

「激進化」的傳播途徑

除了上述的因素外，「激進化」的發展往往與傳播途徑有密切關係。歸納不同地區國家有組織性「激進化」手段的例子，組織傳播「激進化」手段上主要有「招募」、「社交媒體」、「不滿情緒」和「賦權」四種途徑。

招募

極端主義組織通過不同平台和渠道，主動招攬新人加入，擴大「生源」。

社區網絡

極端主義成員利用其自身人脈，結識「朋友」，並為「朋友」組織團體活動、提供物質享受和精神寄託，適當時再向其講授極端主義思想，把「朋友」們從原來的社區中孤立起來，再待合適機會安排他們到極端主義組織基地接受訓練。

阿爾蓋達美籍成員 Kamal Derwish 在沙特阿拉伯成長，後來回到美國的家鄉（某工業小鎮）執行任務，為阿爾蓋達招募美籍成員。他在社區定期舉行聚會，積極聯絡該區的「邊緣青年」，與他們成為「朋友」，在聚會時提供美食、並向眾人傳授格鬥技巧。取得這些人的信任後，Derwish 開始與他的「朋友」研討「宗教信仰」和「人生意義」，傳授有關極端主義教義。一段時間後，他以「朝聖旅行」為名，鼓勵他的「朋友／信眾」到中東一趟，實際上是將所有人送到阿爾蓋達的阿富汗訓練基地，培訓他們之後執行恐襲任務。[45]

宗教組織

極端主義組織以個別宗教組織為中介，以相對溫和的教義吸引激進思想的同情者，然後從中甄別合適人選，介紹他們進入組織。

在巴基斯坦，塔利班利用當地連結迪奧班迪派（Deobandi）清真寺學校的「伊斯蘭賢哲會（Jamiat Ulema-e Islam Pakistan, 英譯為 Assembly of Islamic Clerics）」為平台，在組織政治活動（如遊行示威）時識別潛在支持者，並將適當的人士轉介由塔利班接收。[46]

監獄環境

監獄有其特別的氛圍，是一個有利於極端思想傳播的地方。囚犯在監獄裡與外界相對隔絕，亦需要在監獄環境裡尋求自身的安全和社群感（sense of community）。

阿爾蓋達成員積極在監獄內向囚犯傳教。他們仗著恐怖主義分子的「威風身份」給其他囚友一種「可靠感」，向身邊囚友灌輸極端思想的同時，吸引更多尋求安全和社群感的囚友加入成為同夥，再擴大夥團。阿爾蓋達甚至專門為其成員提供「坐牢指引」，教導成員如何在最短的時間內使其他囚犯「激進化」，並招募為組織成員。[47]

網絡平台

極端主義組織絕不落後人，與各商業和社會組織一樣，懂得使用不同的線上平台和社交媒體自我宣傳，傳播激進思想。

社交平台

極右組織在網絡論壇、討論區、社交媒體群組等平台鼓勵支持者發表極端主義思想言論，以匯聚「同路人」力量。相關組織及其支持者可能分散在全球的不同地方，但也可以通過網絡實時進行交流並找到共鳴，強化支持者的激進思想及其對激進組織和相關社群的肯定。[48]

網站 Stormfront.org 就是一個極端右翼主義網上論壇，該網站於 1996 年設立，致力於傳播和宣揚白人優越主義和新納粹主義，網站亦宣傳猶太人大屠殺否定論和伊斯蘭恐懼症。

在美國，極右主義組織布加洛男孩（boogaloo boys）以不同網絡媒介，如社交媒體、聊天群組、專頁等多管齊下，宣傳無政府主義理念，內容主要圍繞各地團體反抗美國聯邦政府的資訊，讓成員們從反抗政府的消息中得到鼓舞。[49]

網絡媒體

極端主義組織或在各地媒體上，或在自行建立的媒體上，分享他們的極端主

義理念。由於網絡是全球性的，他們可以即時接收全球各地時事資訊，並借題發揮，跨地域宣揚他們的極端主義理念。

與阿爾蓋達有關的恐怖組織「伊斯蘭回教祈禱團（Jemaah Islamiyah）」在印尼、馬來西亞、文萊等國家設有雜誌、報章、網媒，積極通過這些平台傳播伊斯蘭原教旨主義。例如，他們通過印尼語網絡媒體 Panjimas 發表評論文章，抗議不同地區的同性婚姻合法化，並宣揚建立哈里發國度，讓女性做回「本職」（即全職照顧家庭，不要出門）。[50]

科技應用

現今科技發達，極端主義組織也懂得利用科技協助傳播激進思想。他們或利用現有電子工具，或自行研發軟件，以科技促進其傳播效率。

早於 2014 年，伊斯蘭國技術人員已自行開發特別應用程式，於社交媒體上大量轉發伊斯蘭激進思想。這個名為「Dawn of Glad Tidings」的阿拉伯語應用程式，能夠避開 Twitter 官方系統的垃圾偵測功能，在下載者的 Twitter 賬戶自動發帖、轉帖。應用程式不會影響用戶的日常使用，但會大量傳播相關激進主義、甚或牽涉暴力內容的資訊，是伊斯蘭國社交媒體策略的重要工具之一。[51]

渲染英雄

極端主義組織常常將恐怖主義襲擊者渲染為「為理想而犧牲」的「英雄」，大肆宣揚其事跡，向他們致敬，吸引支持者仿效。

2020 年，一名德國男子 Tobias Rathjen 在德國城市哈瑙（Hanau）發動槍擊案後自殺，造成 11 死（大部分為土耳其及東歐國籍）5 傷。德國聯邦檢察官經調查後指出肇事者為極右翼極端分子，有仇外傾向、並信奉白人優越主義。槍擊事件的資訊，包括報道、支持言論、襲擊者在社交媒體留下的影片等，被多個歐洲極右團體在網上平台轉發，並將 Rathjen 讚揚為「聖人」、「聖戰士」。[52]

不滿情緒

極端主義組織懂得利用人們對身邊某些事物或對社會個別群體的不滿情緒，煽惑群眾加入組織或作出暴力行為。

宣稱被壓迫

極端主義組織利用一些國家與伊斯蘭教或穆斯林有關的政策法令，刻意塑造當地穆斯林作為「受害者」的形象，並加以渲染，強調全球的穆斯林正受嚴峻壓逼，從而「合理化」必須向相關國家進行報復行動的極端思想。

伊斯蘭國指控法國 2004 年「禁止在公共場所佩戴明顯宗教標誌」和 2010 年「禁止在公共場所蒙面」的法令迫害法國穆斯林，並以法國在敘利亞、馬里等地的軍事行動為由，向法國發動恐襲。[53]

反社會份子

有伊斯蘭教極端主義組織以建立一個伊斯蘭教法度國家的理想教義，吸引對自己社會生活不滿和感到迷惘的人加入，並讓他們作宣傳者煽動本國人加入極端主義組織或採取激進行為。

加拿大女青年 Umm Haritha 在兒時由中東移民加拿大，在加拿大接受教育，本為一名大學生。她表示自己佩戴尼卡布蒙面面紗（niqaab）時被一些當地人嘲笑排斥，她認為這些嘲笑與加拿大所宣稱的多元、自由價值完全不符。由於她產生了這種感受，她不管父母反對，毅然到敍利亞生活並與一名巴勒斯坦人（相信為恐怖分子）結婚。其丈夫死後，Haritha 被安排加入組織的宣傳小組，通過製作網絡文宣，吸引西方女性加入伊斯蘭國。[54]

煽動負面情緒

極端主義組織的一種煽動手段是通過勾起人民的痛苦回憶，煽動他們的情緒。一些人可能在負面情緒的驅動下，認為自己與極端思想「產生共鳴」，繼而加入相關組織。

伊斯蘭國透過網絡發佈煽情文宣，特寫敍利亞政府和其他敵對勢力對遜尼派穆斯林的暴行，煽動當地穆斯林情緒，吸引他們關注，再透過對宣傳帖的讚好或留言鎖定支持者，私下聯絡他們。通過這樣的方法，極端主義組織可以招募當地人做宣傳工作，以當地語言文字和更為「貼地」的宣傳策略面向當

地人宣傳激進思想。一位前伊斯蘭國成員剖白自己是因為看到伊斯蘭國關於敍亞政府殺害穆斯林的資訊，勾起他小時候在科索沃戰爭中，家人被塞爾維亞軍殺害的回憶，這種回憶令他憤而加入恐怖主義組織。[55]

賦權

極端主義組織會針對社會邊沿社群（marginalized groups）的需要，通過提供心理激勵、傳授知識或安排優質工作崗位等方法，為這些人「賦權（empowerment）」。

精神認同

伊斯蘭教極端主義組織會以皈信伊斯蘭教的信徒為目標。某一些皈信者有強烈的宗教動機，對教義比較執著，會盡力去證明自己的信仰；他們亦因此成為了被招募對象，伊斯蘭教極端主義組織藉著給他們提供「自我證明」的機會，誘導他們加入組織、直接參與行動。

David Courtaille 本是天主教徒，他為了擺脫自己在英國的糜爛的生活，在一些穆斯林朋友帶領下去了一次清真寺，對伊斯蘭教義產生好感，慢慢改信了伊斯蘭教。之後，有一位寺內阿爾蓋達背景的穆斯林邀請他到阿富汗，並主動提出為 Courtaille 安排打點一切行程。這份邀請激起了 Courtaille 的熱誠，他答應前往，並在阿富汗完成接受「訓練」，最後收到指示回到歐洲支援組織地區分支。[56]

領導角色

策劃極端暴力行動並不簡單，極端主義組織亦需要「知識分子」參與其中，領導行動。部分極端主義組織會在宣傳其激進思想時，仔細觀察、物色同情或認同其教義的高學歷人士，並在鎖定相關人物後對其進行詳細調查，探知其背景底細。適當時候派專人聯繫該名人士，邀請其加入組織擔當領導或特別角色，讓他們負責策劃恐襲行動的角色或制定宣傳策略，吸納他們的才幹之餘亦為他們增加使命感。

2015 年，巴基斯坦第一大城市卡拉奇發生槍殺案，6 名槍手在一架公共巴士內槍殺 45 人，案件主謀 Saad Aziz、Hafiz Rashid、Tahir Minhas 等都分別持有大學學歷，同屬境內伊斯蘭國武裝分支 Tahir Saeen Group 的成員。[57]

知識教育

教育是一個非常易於傳播知識和價值觀的環境，若對教學人員及授課質素沒有充分把關，甚至如果政府未有提供廣泛基礎教育，當中的「真空」容易被極端主義組織利用，透過「辦學」之名，在教育機構廣泛地向兒童和青年人傳播激進思想。

位於東南歐的科索沃初期的國內教育較為落後，基礎教育不足。當地宗教組織 Islam Community of Kosovo 受沙特阿拉伯皇室和土耳其保守勢力資助，在科索沃興建或重建 260 多座清真寺，並在寺內開授英文和電腦班，同時向學生講授可蘭經。有研究指出，寺內部分教師由中東恐怖主義組織成員擔任，以在科索沃廣泛傳播伊斯蘭原教旨主義。[58]

「激進化」傳播途徑總覽

途徑一：主動招募

利用個別宗教組織
為中介平台

通過本地社區網路
招募新血

在監獄招攬囚犯加入
極端主義組織

途徑二：網絡平台

利用網絡媒體
宣揚極端思想

通過社交平台強化
激進思想

將恐怖主義襲擊者
渲染為「英雄」

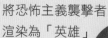

應用科技大量和
快速傳播內容

途徑三：不滿情緒

挑動個別民眾不滿
自己國家的情緒

指控他國政策壓迫
個別群體

煽動人民將負面情緒
訴諸行動

途徑四：賦權

為歸信者提供良好
「自我證明」機會

招募高學歷人士擔任
極端主義組織的領導層

通過興辦教育團體
傳播激進思想

第五章

怎樣應對「激進化」？

怎樣應對「激進化」？

「激進化」的成因確實錯綜複雜，既有一些社會上的長期、結構性因素，也有一些個人的、甚至帶有偶然性的促成原因。我們難以確切地指出每一起「激進化」事件的「來龍去脈」，且不同國家的社會經濟條件不盡相同，所面對的「激進化」也有不同程度與特徵，全球範圍也有應對「激進化」的不同形式和措施。然而，我們依然可以參考世界各地應對「激進化」的方案，並從中歸納和總結出一些主流方向和原則。

應對「激進化」的策略可細分為兩類。一是「預防激進化（prevention of radicalization）」，即針對一些未被激進主義影響的人士，及早識別及教育，處理相關的問題，減低其被激進主義影響的風險。二是「去激進化（de-radicalization）」，即針對一些已被激進主義影響的人士，採取消退激進主義對其思想及生活影響的措施。

因此，應對「激進化」除了針對受激進主義影響的人士外，也要針對背後的鼓動者及組織，以及有「激進化」風險的人士，務求「預防」和「去」激進化，雙管齊下。應對方法和手段多樣且多變，涉及不同層面及不同領域的參與、合作。以下將會從國際合作、政府政策、社會參與等層面，介紹世界各地應對「激進化」的經驗。

從各個層面應對「激進化」

國際合作

國際組織的指導和牽頭作用

聯合國開發計劃署 (UNDP) 政策和方案支助局 (Bureau for Policy and Programme Support) 自 2014 年起便開始了一系列針對預防「暴力極端主義」[59] 的工作，包括舉行專家諮詢會議、區域工作坊、支持有關「暴力極端主義」的研究工作、鼓勵國際合作、倡議各國制定其預防「激進化」和暴力極端主義的行動方案。

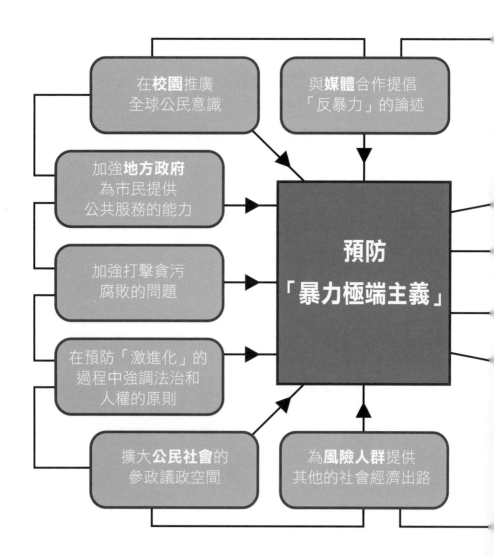

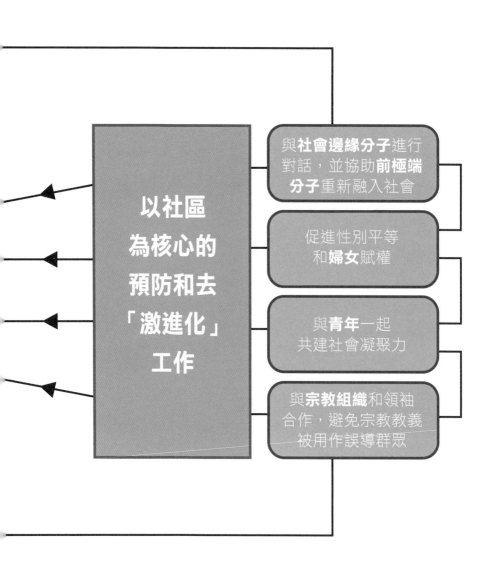

聯合國開發計劃署（UNDP）認為在應對「激進化」和暴力極端主義的過程中，區域性和國家自身的具體行動綱領非常重要，而一個協調、支援和統籌各國政策的全球策略性框架（global strategic framework）更是不可或缺。因此，聯合國開發計劃署提出**普惠性發展**（inclusive development）、**提倡包容**（promotion of tolerance）和**尊重社會多樣性**（respect for diversity）三大主題，並列舉了 11 個預防暴力極端主義的措施，[60] 包括：

1. 在預防「激進化」和暴力極端主義的過程中推廣**法治**和以**人權**為本的方法；
2. 加強對貪污腐敗的打擊；
3. 為風險人群提供（非暴力的）**社會經濟出路**；
4. 擴大國家和地方層面的公民社會和**參政議政空間**；
5. 加強地方政府為市民提供**社會服務**和安全保障的能力；
6. 協助被邊緣化人士和前極端分子融入社會，並支持可信賴的中介機構為有需要人士構建**對話空間**；
7. 促進**性別平等**和婦女賦權；
8. 與青年一起共建**社會凝聚力**；
9. 與宗教組織和領袖合作，打擊暴力極端主義分子濫用或騎劫宗教教義的行為；
10. 與媒體合作推廣人權、和平和包容，共同倡議**「反暴力」的論述**；
11. 推廣對人權、多元文化的尊重，並在大學、中學提倡**全球公民文化**。

聯合國秘書長 2015 年《防止暴力極端主義行動計劃》報告中指出，要成功預防「激進化」與暴力極端主義，我們必須讓青年人對未來「充滿希望」，並為他們提供能「實現其潛能和願望」的機會。當青年人能夠對自己的社區和國家的政治、經濟發展作出積極貢獻，他們走向「激進化」、暴力化的機會則會大大減少。[61]

區域組織的合作聯動

區域組織對「激進化」問題的重視，可以加強國家間的經驗交流，甚至促進國家攜手解決一些跨境問題。區域組織的成員必然相鄰，而且多數因歷史和地域原因具有共同或相似的文化、宗教、種族分佈等，因此成員國能通過交換經驗和分享例子的成敗，去蕪存良，優化自身應對「激進化」的策略和方案。

東盟（ASEAN）十國於 2019 年採納了一份《預防和應對日漸抬頭的「激進化」和暴力極端主義的工作計劃（2019-2025）》，為各國預防「激進化」、推廣「去激進化」、加強立法執法、促進區域合作等提供政策指引。在「夥伴關係與區域合作」的部分，該計劃提到四個要點：（一）加強與（東盟內部）公民社會、學術界、智庫、宗教領袖與媒體的夥伴關係，動員社會各界更多對預防和應對「激進化」與暴力極端主義的討論；（二）加強東盟機制的領導力，確保相關區域計劃和政策得以在各國之間傳播和落實；（三）加強東盟與其他國際組織和國家在「激進化」與暴力極端主義方面的交流，建設圍繞特定主題的、具有針對性的跨國網絡；（四）強化東盟和平與和解研

究院（ASEAN Institute for Peace and Reconciliation，簡稱 AIPR）的角色，通過 AIPR 的調研和對話交流會深化東盟各國對「激進化」與暴力極端主義的認識。[62]

2019 年 11 月，第十三屆東盟打擊跨國犯罪部長級會議（AMMTC）於泰國曼谷舉行。會議上，十個成員國一致同意並通過《預防和應對日漸抬頭的「激進化」和暴力極端主義的工作計劃（2019-2025）》。

圖片來源：Association of South East Asian Nations (ASEAN)[63]

政府政策

政府的行動方案

要統籌不同人士、社會持份者、甚至各國政府廣泛並持久地共同應對「激進化」，政策和制度層面的支持至關重要。各地政府需要制定應對「激進化」的行動計劃，並在其計劃中成立相關機構、提供政策和資源支持，預防及去激進化的工作才能得以在地方和社區中落實。[64]

科索沃地區應對「激進化」的努力值得借鑒。科索沃政府共有 12 份策略性政策文件與應對「激進化」有關，相關政策在青年事務、就業、大眾傳播、社會服務、執法、預防罪案等範疇提供制度性支援和協調，確保各個政府部門以及業界能響應「激進化」相關的工作目標。[65] 當地政府亦於 2015 年頒布了一份《預防激進化、暴力極端主義和恐怖主義的策略（2015-2020）》，仔細地就當地「激進化」等一系列問題作出分析，並明確地闡述了政府的立場和應對方法。科索沃在應對「激進化」問題上強調對問題的早期識別和介入，並提出組成專責研究小組、定期舉行地方政府與社區組織的會面、成立由各領域專業人士組成的轉介機制（迅速反應小組）、設立匿名舉報電話熱線等具體措施。在預防工作方面，政府提出建立一套傳播策略以提高大眾對「激進化」警惕、製作一系列關於「激進化」的小冊子並向公眾派發、鼓勵宗教團體在傳道活動中提倡反對暴力等信息、重新審視和調整公民歷史教育的課程內容、為青年人提供更多社會和經濟發展機會等。該策略亦強調了對前線專業人員提供有關「激進化」的培訓，以及為激進人士提供重新融入社會的支援。[66]

「激進化」是社會問題，公眾受其影響，亦能參與預防「激進化」的過程。**要全面和有效應對「激進化」，相關政策必須足夠仔細、具有針對性，並得到充分的資源支持**。以英國的「預防」策略（"Prevent" Strategy）為例，英國政府會為針對預防「激進化」和極端主義的社區項目提供直接資金資助。地方政府辦公室、社區組織、法定機構、學校或院舍等只要能確保資金用作防止宗教和政治極端主義，均可以申請。英國政府出台的《2015 年反恐與安全法令》（Counter-Terrorism and Security Act 2015）則為地方政府機關規定了有關預防「激進化」的法律責任，包括評估當地居民加入恐怖主義組織的風險、為地方官員提供關於預防「激進化」的培訓、將國家的預防策略納入地方政策、與警方成立一個共同應對「激進化」的聯席委員會等。[67]

英國「預防」策略的三個目標

回應極端主義的
意識形態挑戰

為有需要人士提供
輔導和支援

與相關領域的機構
加強合作

多管齊下的政策

1. 青年和教育政策

「激進化」雖然並非任何特定群體的「專利」，然而，數據確實顯示青年人更容易受到極端思想的影響，或受到蠱動、煽惑而參與暴力行為。因此，通過教育傳授正確的價值觀，以及制定青年賦權的政策，是預防「激進化」的重要方向。

幾乎所有與預防「激進化」有關的行動計劃都會牽涉不同層面和形式的教育，而當中又主要分為公眾教育和學校教育。無論教育的場景是學校還是社會，教育的核心必然是為受眾提供準確的知識、正確的價值觀、良好的態度，以及培養負責任的公民意識和思辨能力。這些都是打擊「激進化」與極端主義的核心要素。[68]

最新的研究亦發現，受過良好教育的青年亦會受到極端主義思想的影響，尤其在某些中學和大學，「激進化」很容易不受控制地被廣泛傳播，或激進主義份子招募新成員的溫床。[69]

良好的教育有助塑造正確和成熟的價值觀，而健康的教育環境應該讓學生有發表其個人意見的空間，同時容納不同意見（甚至有關敏感話題）的討論。這種環境有助於培養學生的慎思明辨（critical thinking）[70]，而

能夠對社會禁忌和普遍認知以外的事物作出理性客觀的分析，正是預防激進思想的不二法門。[71]

聯合國開發計劃署 2017 年《非洲極端主義的路徑》的報告中指出，童年時期的公民教育對建立一個人的價值觀尤為重要。簡單如唱國歌亦是一種有意義的文化意義投入，並協助小朋友在長大後更好地面對激進主義思想 — 報告的數據顯示，「小時候有唱過國歌」的人擁有更強烈的國家情懷和國民身份認同，加入極端主義組織的比例亦明顯較低。[72]

2. 社區關係建設

提升社會各持份者對於「激進化」問題的理解，加強各方在辨別問題和提出解決方法的經驗交流，也是應對「激進化」的常見方向之一。從社區網絡加強不同人士對「激進化」的認識又有兩個側重點：一、通過經驗交流，強化前線專業服務人員辨別和應對激進主義的能力，二、通過加強青年人與不同前線專業人員的溝通，為青年人提供指導、對話空間、以及情緒支援，以及盡早識別有「激進化」傾向的青年人。

另外，正確引導青年人認識和應對極端主義也是社區關係建設的重要功能之一。我們難以完全避免青年人在他們的社交圈子和網絡媒體上接觸激進、極端甚至扭曲事實的內容，然而，我們可以通過提供對話空間以釋除他們的疑慮和困擾。[73] 報告顯示，尤其是通過一些「非強制性」手段，對於應對青年人的「激進化」問題最為有效。[74]

3. 更新人士政策

在應對「激進化」的政策目標中，難免提到關於**更新人士（尤其前恐怖主義組織成員）重新融入社會的政策模式和措施**。一方面，犯罪記錄會使得他們或多或少受到社會的異樣目光，在參與社會活動的各個方面會遇到常人不能預期的挫折；另一方面，他們曾經與激進主義思想、組織和領袖人物有所接觸，比其他人更容易再次受到這些極端思想的影響。

在尼日利亞，監獄為前博科聖地（Boko Haram）成員安排足球活動、傳授他們製作手工藝和修理電器的知識和技術、並為他們安排宗教和數學課程。當地的懲教人員指出，博科聖地禁止成員參與體育活動，而扭曲宗教教義亦導致成員對人命和社會秩序缺乏尊重。他們希望當這些囚犯完成「去激進化」的課程並獲釋後，可以更順利地參與社會建設，並勸籲其他人也脫離恐怖主義組織。[75]

著名的丹麥「奧胡斯模式」（Aarhus Model）則強調「去激進化」的過程不應該過分著重於意識形態，反而應該致力於為更新人士提供「參與有意義的文化和社會活動的途徑和機會」，以促進其更快、更容易、更深入地融入和投入社會的運作。自 2013 年，丹麥推出了一個「脫離」計劃（Exit Programme），協助更新人士重新融入社會。相關的政府工作小組會跟（希望脫離恐怖主義組織的）釋囚簽訂合約並提供常規的輔導服務，為他們安排重新投入社會的渠道、方法和時間表，甚至為他們提供就業機會、住宿、醫療服務等。[76]

政府應對「激進化」的政策目標

■ 為青年人提供良好的教育

■ 通過對話平台加強社區網絡建設

■ 協助更新人士重新融入社會

政府機關與公民社會的良好互動合作

「激進化」的核心問題總是圍繞讓某一些人不滿的特定社會和經濟條件，以及他們由此而生的負面情緒。若果社會有更強大的凝聚力、更靈活的自我修正能力、養成並堅持對其他成員更高的包容度，即使不能完全解決複雜的結構性社會經濟問題，依然可以一定程度上疏導由這些問題所導致的負面情緒。因此，以建設社會韌性（community resilience）為目標，增強社會各界（包括政府、社區組織、以及社會各成員）應對負面環境和突發社會事件的能力，是預防和應對「激進化」的重要原則。

應對「激進化」不但需要政府的強大意願和領導力，更需要龐大的社會力量（social capacity）來配合政府的政策、舉辦一系列有關預防「激進化」的教育和實踐活動。因此，促使公民社會成為預防「激進化」的中堅分子，應是各國政府應對「激進化」的重要策略。

公民社會是一個龐大、多元的整體。公民社會的成員雖然有其各自的議程，不過他們均積極參與公共事務，並希望為建設社會出一分力。公民社會通常包括：社會組織及其領袖、宗教團體及其領袖、社交媒體社群、國際及國內非政府組織、商會及專業人士協會、工會、慈善組織、學術及研究機構等。他們植根當地社區，對社會有廣泛且深入的了解，尤其是一些最新的社會情況。部份群體可能擁有專業知識，或者熟悉自身領域的法律法規，並在其領域有一定代表性。當這些不同的群體聚集在一起，他們的網絡將會是非常強大的力量。[77]

歐洲安全與合作組織（OSCE）認為，**公民社會是改變和塑造社會的重要力量**，政府必須與公民社會的成員緊密合作，才能開展真正有影響力的社區活動。政府應為公民社會提供法律空間、資金支援、以及適當的政策支持和引導。不同的社區組織並不一定具有充足的資源和專業知識以組織預防「激進化」相關的項目，但他們本身擁有的社區網絡和凝聚力正正是政府、以及國際和區域組織所缺乏的元素。如果公民社會的領袖（尤其青年領袖）能與政府一起宣傳預防「激進化」和暴力極端主義的活動，有關信息必然更有效、迅速和廣泛地在青年群體中散播開去，為社會的安全穩定帶來持續的正面影響。[78]

政府與公民社會不同成員的緊密合作

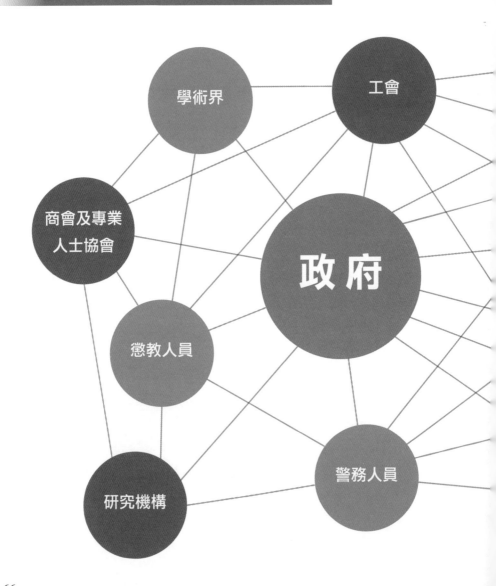

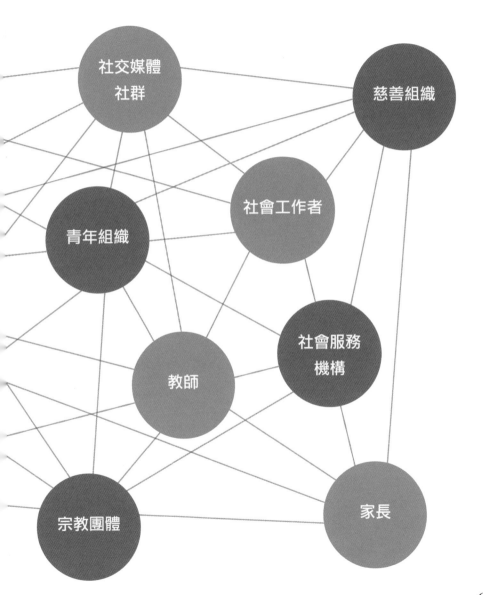

社會參與

非政府組織的工作服務

非政府組織作為公民社會的重要力量，擁有豐富的社會資源，在預防激進化、去激進化兩方面均可以發揮關鍵作用。

預防「激進化導致暴力」中心（Centre for the Prevention of Radicalization Leading to Violence，簡稱 CPRLV）是加拿大蒙特利爾市在魁北克省政府的支持下於 2015 年成立的非牟利機構，致力於預防「激進化」和暴力行為，並為相關人士（包括受「激進化」影響的群體、「激進化」和暴力行為受害者、此兩類人群的朋友和家屬、教師、專業人士和前線工作者）提供所需協助。當中，CPRLV 向社區組織、私人和公營機構提供社會心理學、教育、刑事司法和公共安全領域的實踐培訓課堂，讓參加者更好地認識不同類型的「激進化」的特徵，以及其所導致的暴力行為和情況。參加者在課程中亦可以了解到「激進化」的風險和保護性因素（risk and protective factors），並學習在處理有關「激進化」情況時的適當態度、干預形式及相關行政程序。CPRLV 亦製作了一系列的軟性宣傳工具，如桌遊、漫畫、舞台劇、電影、紀錄片等，亦更好地引起社會大眾對於「激進化」及其暴力行為、以及相關預防策略的關注。[79]

由於歷史緣故，克羅地亞國內一直存屬於南部斯拉夫民族的塞爾維亞族人

（Serbs）和克羅地亞族人（Croats），惟兩者的語言、宗教不一樣，尤其是在南斯拉夫（Yugoslavia）解體期間造成不少的衝突。有見及此，克羅地亞政府教育與教師培訓署與當地一個非政府組織 Nansen Dialogue Centre[80] 共同開展了一個名為 Cultural and Spiritual Heritage of the Region（CSHR）的跨文化對話和教育項目，以嘗試解決根深蒂固的社會和民族衝突問題。項目從初中和小學生入手，讓學生在年幼階段體驗和了解克羅地亞族人和塞爾維亞族人的歷史、文化和宗教習俗，並鼓勵學生發掘兩者之間的共通點，引導不同民族學生之間的合作、交友，並學習與不同族裔的學生進行互動，共同生活。通過工作坊和文化交流活動，學生從文字、民族食品風味、民族服飾和裝飾等簡單日常生活元素，增進對不同族裔及其生活習俗的理解，培育學生開放、包容的思維態度，從而避免他們長大後採納極端的民族主義、民粹主義觀點。[81]

前線專業人士網絡的參與

社會前線的專業人員，如社會工作者、教師、醫護人員、社區警政人員等，一方面擁有在其相關領域的專業知識，另一方面亦與社會大眾有更多的接觸，由其合作組成的社區網絡，往往可以成為預防激進化的重要力量。

社區網絡建設在歐洲的發展較佳。歐盟在 2011 年成立警惕激進化網絡（Radicalisation Awareness Network，簡稱 RAN），目的是通過知識、方案

和經驗比對交流，聯合學界、政界以及不同界別的前線專業服務人員攜手預防和打擊任何形式的暴力極端主義。目前，RAN 的六千位成員分別來自 27 個歐盟國家，包括研究人員、社工、宗教領袖、青年代表、教師、醫護人員、地方政府代表、執法官員、懲教人員等。RAN 會定期組織不同的工作專責小組，圍繞特定主題作出經驗的交流和討論。[82]

在德國的預防暴力網絡（Violence Prevention Network，簡稱 VPN）則通過對前線專業人員的培訓和對「激進化」人士親友的支援，預防青少年走向極端意識形態，防止各類型暴力罪案的發生。VPN 在歐盟、德國聯邦政府和民間捐款的資助下開展工作，並主要通過不同的教育活動和諮詢服務，協助和引導有「激進化」傾向的人士重回正軌。其中，四個在德國首都柏林的項目旨在為社工、教師和家長提供有關「激進化」、「極端主義」、「伊斯蘭恐懼症」的課程，協助他們處理相關問題；另外，VPN 有六個散落在德國不同城市的項目，針對希望脫離宗教極端主義和（政治）右翼極端主義的青年人及其親友，為他們提供「去激進化」相關資訊、工作坊和諮詢服務，並在合適的條件下安排一對一導師計劃或輔導小組。[83]

青年組織和青年領袖的正面影響

普遍而言，青年人在做決定和採取行動時均比較衝動，然而他們亦較其他年齡層更為自信和更願意冒險。大多數年輕人均未在社會中找到屬於他們的位

置，他們經歷不多而未來的可能性更大，因此青年人多數較為願意對（尤其是非主流的）價值觀和身份認同作出嘗試、理解和認同。大家普遍都能觀察到，一些比較激進和「革命性」的運動均主要由年輕人所帶領、組織和參與。*我們必須承認年輕人更容易受到激進思想所影響，但我們絕不能視年輕人為「問題」。我們應該教導年輕人如何以非暴力的手法，在社會制度和框架之內表達自己的訴求並嘗試作出改變 —— 只要能做到這一點，社會的青年力量必會成為預防「激進化」的其中一個解題關鍵。*[84]

聯合國教科文組織亦將青年賦權置於處理暴力根源的核心位置。教科文組織指出，**提升青年人參與公民社會的技能和機會，包括制定政策、參與公民活動、甚至加入預防「激進化」工作本身，是最有效打擊暴力極端主義的方法之一**。[85]

位於倫敦的 Active Change Foundation（ACF）由前阿爾蓋達成員 Hanif Qadir[86] 於 2012 年成立，致力於打擊英國的街頭暴力犯罪及其他極端主義行為。他們推出的青年領袖計劃致力於教導年輕人如何辨識、處理和預防衝突和「激進化」行為，ACF 亦因該計劃的成功，於 2016 年獲得英國慈善大獎（兒童和青年人組別）。[87] 計劃通過不同學校招募 16-18 歲的高中生參加，並為學員提供公共演講、處理衝突和有關「激進化」的相關課程。表現優秀的學員更會獲得到海外交流的機會，或在 ACF 團隊協助下開展與預防「激進化」有關的社區倡議活動。[88]

在飽受罪案、暴力示威、毒品和人口販賣影響的尼日利亞津德爾地區（Zinder, Nigeria），聯合國系統下的國際移民組織（International Organization for Migration，簡稱 IOM）則建議，展開跨階層、跨世代對話是解決當地青年暴力極端主義問題的重中之重。在津德爾，青年人佔超過 70% 的人口，然而當地的就學率、就業率處於極低水平；當地青年人更因政府缺乏有效的治理而獨自成立了一些鬆散的社區組織。這些組織並不慣於遵守法律，反而不斷散播極端主義思想，並與當地的恐怖主義組織聯繫甚密，參與毒品交易、搶劫、人口販賣等工作。在如此惡劣的環境下，強化當地政府的管治水平和能力自當是首要任務，然而，津德爾的年輕人對於當地政府和官方機構缺乏信任，更非常容易受到散播極端思想的宗教領袖所影響。因此，IOM 認為**有必要在國家機關和青年人之間建構對話空間**，並讓地方官員、宗教領袖、婦女組織、青年非政府組織加入此對話平台，一方面為政府和官方機構提供發言平台，另一方面讓這些以青年人為主導的非官方「地方組織」明白，他們受到社會和政府的重視。IOM 表示，如果政府不與體制外的力量多接觸和交流，意識形態、宗教教義、身份認同等重要話語體系將會被他人主導，使青年人更容易走向極端思想和暴力行為。與青年人的對話交流可以增進相互的了解和溝通，並通過更為合理的話語論述，暴露激進主義、極端主義思想的謬誤。IOM 亦提到，在對話的同時必須通過增加多元就業機會和擴闊政治參與途徑，引導這些年輕人重回正軌。[89]

家庭與人際關係的建立

在預防「激進化」的過程中，人際關係網絡也佔有重要一席位。研究指出，極端主義組織的招募過程極度依賴於既有的人際關係網絡，當中包括社區中心、運動團體、社會運動組織、教育和宗教組織等。[90] 同時，如果一個人身邊的親密關係中（如家人、朋友）有激進主義份子，他們自己加入激進主義組織的機率亦會大大增加。[91]

家庭環境與「激進化」密切相關。美國國家司法學院（National Institute of Justice）關於「激進化」和暴力極端主義的報告指出，家庭成員一方面是預防「激進化」的重要組成部分；另一方面也可能成為「激進化」的風險因素。[92] 家庭是青少年面對極端主義思想時強而有力的保護傘，因為家長可以協助孩子疏導不解或困惑的情緒，並教導他們理解宗教本身的複雜性。[93] 然而，如果家庭關係本身惡劣，或者父母與孩子缺乏互動、溝通和理解，這種梳理、對立或不穩定的家庭環境則很容易成為青年人「激進化」的溫床。[94]

在預防「激進化」的過程中，能為孩子提供一個安全而有利於溝通的家庭環境是先決條件。在資源和條件許可的情況下，父母應增加自己有關不同（極端）意識形態的概念和傳播手法的知識，[95] 並時常警惕家庭成員有否「激進化」的傾向。父母亦可以通過監督孩子的社交媒體使用狀況（甚至適時設定限制），與孩子溝通的時候亦宜提供多元的立場和意見供討論和思考。更重要的是，如果留意到家庭成員有任何異常行為，應盡快向地方政府部門、社區組織或其他專業人士尋求協助。[96]

結語

當極端思想和暴力行為成為一種全球現象,所有人都須予以正視及關注。根據定義,「激進化」是一個人在特定條件下的心理轉變過程,可能驅使其更為接受、甚至自己作出暴力行為。因此,「激進化」對個人以至社會整體均無益處;我們必須加以預防,以及對受影響人士進行「去激進化」,讓他們可以盡快重回正軌。

然而,作為一種社會現象,「激進化」的出現更意味著,一、社會存在某些有待解決的深層次或結構性問題,需要正視;二、社會在應對這些問題的方法上存在問題,需要作出調整。若我們發現社會部分人有「激進化」的傾向或特徵,這是一種嚴重的警告 ── 我們必須就相關議題引起大眾關注,並凝聚社會力量,共同解決這些問題。

誠然,一些深層次矛盾可能由歷史、政治、經濟分配等各種複雜原因導致,未必只靠「集思廣益、制定方案、貫徹落實」就可以把問題徹底解決。然而,當我們意識到「激進化」已經成為一個社會問題的時候,即使我們未能解決最深層次的問題,亦應嘗試從「激進化」這個「表面症狀」入手,盡量減低其可能對社會造成的負面影響。

應對「激進化」是一個全球性的行動,不分國籍、種族、或任何社會角色。要應對「激進化」,政府的牽頭角色是必不可少的,因為政府有責任(而且只有政府可以做到)把「激進化」提上社會議程(social agenda),引導社會的廣泛關注和討論。

但只靠政府來應對「激進化」是遠遠不夠的。即使政府擁有足夠的政治意志應對「激進化」,展開具有影響力的社區活動需要依賴公民社會成員的積極

參與。而公民社會雖然擁有強大的社區網絡，但他們可能有各種不足，例如缺乏資金以及應對「激進化」所需的專業知識。因此，最理想的情況是政府能與社會力量共同配合，善用各自的優勢，共同應對「激進化」。

	政府	公民社會
優點	資金、政治力量	社區網絡
缺點	缺乏社區凝聚力	缺乏資源或專業知識

政府的資源與公民社會的網絡是相輔相成的，二者「互補不足、缺一不可」。我們必須充分凝聚各界力量，動員社會各個成員在其自身的崗位上出一分力。從學術界到政策制定者、從宗教組織到社會前線工作者、從專業人士甚至到青年人本身，大家都有這份責任，攜手共同應對「激進化」的問題。

社會定然是不完美的，但即使對任何一個群體甚至制度有不滿，均不是「合理化」、「正義化」任何暴力行為的藉口。「因為官逼、所以民反」的簡化論述，實際上忽略了「激進化」成因的複雜性，更是縱容了社會上某部分人將自身對社會的不滿情緒以暴力形式宣洩的行為。

在提出「改善社會」的意見時，應對社會各持份者予以尊重，了解他們的情況、限制及行為邏輯，而非以「玉石俱焚」的心態進行「賭博」，意圖脅迫社會或任何組織和團體「就範」。

最後，我們希望指出，面對「激進化」問題的時候，需要提倡「尊重、包容、體諒」的社會核心價值。只有這樣，我們才有機會在多元的社會下找到共識，為社會的共同前進找到合適的方向。

參考資料

第一章 甚麼是「激進化」?

1　United Nations Development Programme, "Preventing Violent Extremism Through Promoting Inclusive Development, Tolerance And Respect For Diversity", p. 24, New York, 2016.

2　International Committee of the Red Cross (ICRC), " 'Prevention of radicalization' and 'de-radicalization' programmes in detention", p.1, Geneva, 10 June 2016.

3　Radicalization is the process by which a person comes to adopt extreme political, social, or religious ideas and aspirations. The problem is certainly not isolated to one particular religion, or even to religion in general. All extremists have gone through a process of radicalization that has led them to reject diversity, tolerance, and freedom of choice. This radicalization can lead to violence against those who do not share the extremist's ideology. Radicalisation Awareness Network, "Introducing RAN - Europe's Radicalisation Awareness Network", 13 October 2020.
Source: https://www.youtube.com/watch?v=Z8Vy7wxQ-ik&feature=youtu.be

4　European Commission's Expert Group on Violent Radicalisation, "Radicalization Processes Leading to Acts of Terrorism", p. 5, 15 May 2008.

5　UNESCO, "Preventing violent extremism through education – A Guide for policy-makers", p. 19, Paris, France, 2017.

6　"Resolution 1566 (2004)", *United Nations Security Council*, S/RES/1566, 8 October 2004.
Source: https://www.un.org/ruleoflaw/files/n0454282.pdf

7　King, M., & Taylor, D., "The Radicalization of Homegrown Jihadists: A Review of Theoretical Models and Social Psychological Evidence", *Terrorism and Political Violence*, Volume 23 (2011), p. 602-622.

8　Skillicorn, D. B., et al., "Homegrown Islamist radicalization in Canada: Process insights from an attitudinal survey", *Canadian Journal of Political Science*, Volume 46, no.4, p. 934-935, December 2012.

9　Groom, D., "A Threat Assessment of Radicalized Extremist Right-Wing White Nationalist Subcultures in Canada: A Social Media Analysis", p. 36, Master Thesis, Wilfrid Laurier University, 2017.

10　European Commission's Expert Group on Violent Radicalisation, "Radicalization Processes Leading to Acts of Terrorism", p. 5, 15 May 2008.

11　Groom, D., "A Threat Assessment of Radicalized Extremist Right-Wing White Nationalist Subcultures in Canada: A Social Media Analysis", p. 36, Master Thesis, Wilfrid Laurier University, 2017.

12　Jensen, M. A., et al., "Radicalization to Violence: A Pathway Approach to Studying Extremism", *Terrorism and Political Violence*, Volume 32 (2020), p. 1067-1090.

第二章 「激進化」的情況和影響

13 Institute for Economics & Peace, "Global Terrorism Index 2020: Measuring the Impact of Terrorism", Sydney, November 2020. Source: https://www.visionofhumanity.org/wp-content/uploads/2020/11/GTI-2020-web-1.pdf, p. 42

14 同上。

15 同上，第 45 頁。

16 同上，第 54 頁。

17 同上，第 64 頁。

18 同上，第 68 頁。

19 同上。

20 UNODC, "Effects of terrorism: A trauma and victimological perspective", *E4J University Module Series: Counter-Terrorism, Module 14: Victims of Terrorism*, July 2018. Source: https://www.unodc.org/e4j/en/terrorism/module-14/key-issues/effects-of-terrorism.html

21 經歷過槍擊事件的縣市的人民的社會幸福感和情緒健康會比沒有經歷過相關事件的人民分別低 27% 和 13%。Soni, A., Tekin, E., "How Do Mass Shootings Affect Community Wellbeing?", *IZA – Institute of Labor Economics, DP No. 13879*, p. 26-28. Source: http://ftp.iza.org/dp13879.pdf

22 Institute for Economics & Peace, "Global Terrorism Index 2020: Measuring the Impact of Terrorism", Sydney, November 2020. Source: https://www.visionofhumanity.org/wp-content/uploads/2020/11/GTI-2020-web-1.pdf, p. 32

23 United Nations Development Programme, "Articulating the pathways of the impact of terrorism and violent extremism on the Kenyan economy", *Policy Brief*, Issue No: 1/2017, p. 1-3, October 2017.

24 同上，第 4 頁。

第三章 為何出現「激進化」？

25 整合兩份不同聯合國文件。United Nations Secretary-General, "Plan of Action to Prevent Violent Extremism – Report of the Secretary-General", *United Nations General Assembly, A/70/674*, p. 7-8, 24 December 2015; United Nations Development Programme, "Preventing Violent Extremism Through Promoting Inclusive Development, Tolerance And Respect For Diversity", p. 18-23, New York, 2016.

26 UNDP, "Summary Report - Regional Expert Consultation on Framing the Development Solutions to Radicalization in Africa", p. 12, 22 July 2015.

27 圖片來源 : Reuters Photo, Photographer: Stringer, System ID: RTR3WIZD, Fixture ID: GM12A710GOG01, Media Date: 30 June 2014.
Source: https://pictures.reuters.com/

28 Allan, H., Glazzard, A., et al., "Drivers of Violent Extremism: Hypotheses and Literature Review", *Royal United Services Institute*, p. 34-38, 16 October 2015.

29 Sas, M. et al., "The Role of Education in the Prevention of Radicalization and Violent Extremism in Developing Countries", *MDPI: Sustainability 2020*, p. 4, Basel, 16 March 2020.

30 United Nations Development Programme Regional Bureau for Africa, "Journey to Extremism in Africa: Drivers, Incentives and the Tipping Point for Recruitment", p. 39-40, New York, 2017.

31 Sas, M. et al., "The Role of Education in the Prevention of Radicalization and Violent Extremism in Developing Countries", *MDPI: Sustainability 2020*, p. 3, Basel, 16 March 2020.

32 Bowen, J., "Egypt crisis: Cairo quiet but tense as death toll rises", *BBC News*, 15 August 2013.
Source: https://www.bbc.com/news/world-middle-east-23707439

33 圖片來源 : Reuters Photo, Photographer: Mohamed Abd EI Ghany, System ID: RTR3AUNL, Fixture ID: GM1E8BP1GQ401, Media Date: 25 November 2012.
Source: https://pictures.reuters.com/

34 Paddock, R. C., " 'Free Papua Movement' Intensifies Amid Escalating Violence", *The New York Times*, 12 December 2020.
Source: https://www.nytimes.com/2020/12/12/world/asia/west-papua-independence.html

35 UN News, "UN human rights office worried by killings in Indonesian provinces of Papua and West Papua", 30 November 2020.
Source: https://news.un.org/en/story/2020/11/1078832

36 Jones, J. C., "Anders Breivik's chilling anti-feminism", *The Guardian*, 27 July 2011.
Source: https://www.theguardian.com/commentisfree/2011/jul/27/breivik-anti-feminism

37 Evans, B., "Terrifying bomb arsenal of the would-be-Breivik who 'killed his own mother when she found out about plan to blow up Polish parliament'", *Daily Mail*, 14 February 2013.
Source: https://www.dailymail.co.uk/news/article-2278711/Brunon-Kwiecien-Terrifying-bomb-arsenal-Breivik-plotted-blow-Polish-parliament.html

38 United Nations Secretary-General, "Plan of Action to Prevent Violent Extremism – Report of the Secretary-General", *United Nations General Assembly, A/70/674*, p. 9-10, 24 December 2015; Office of the Prime Minister, Republic of Kosovo, "Strategy on Prevention of Violent Extremism and Radicalisation Leading to Terrorism", p. 14-15, Pristina, September 2015.

39 "Radicalisation, Recruitment and the EU Counter-radicalisation Strategy", *Transnational Terrorism, Security & the Rule of Law*, Deliverable 7, p. 31-33, 17 November 2008.

40 Botha, A., Abdile, M., "Understanding Boko Haram in Nigeria – Reality and Perceptions", *The Network for Religious and Traditional Peacemakers*, p. 7, February 2017.

41 Aarten, P. G. M., et al., "The Narrative of Victimization and Deradicalization: An Expert View", *Studies in Conflict & Terrorism*, Volume 41, No. 7, p. 557-572, 26 April 2017.

42 Bar-Tal, D., et al., "A sense of self-perceived collective victimhood in intractable conflicts", *International Review of the Red Cross*, Volume 91, No. 874, June 2009.

43 Neumann, Peter R., "Countering Violent Extremism and Radicalisation that Lead to Terrorism: Ideas, Recommendations, and Good Practices from the OSCE Region", p. 52, The International Centre for the Study of Radicalisation and Political Violence, London, 28 September 2017.

44 Carter, J. A., et al., "#Greenbirds: Measuring Importance and Influence in Syrian Foreign Fighter Networks", p. 3-4, The International Centre for the Study of Radicalisation and Political Violence, London, April 2014.

第四章 「激進化」的傳播途徑

45 Sandler, J., "Kamal Derwish: The Life and Death of an American Terrorist", *Frontline*, 16 October 2003. Source: https://www.pbs.org/wgbh/pages/frontline/shows/sleeper/inside/derwish.html

46 Ahmad, B., "Radicalization in Pakistan: The Radicalization of Pakistan and the Spread of Radical Islam in Pakistan", p. 33-34, Master thesis, Norwegian School of Theology, 2015.

47 Templeton, A. A., "Al-Qaeda and the Radicalization of Algeria, the UK, and Pakistan", p. 76, Master dissertation, Charles University in Prague, 2016.

48 Barbara, P., Scrivens, R., "Right-wing extremism in Canada: An environmental scan", *Public Safety Canada*, p. 44-45, September 2016.

49 Kriner, M., Lewis, J., "The Evolution of the Boogaloo Movement", *CTC SENTINEL*, Volume 14, no. 2, p. 23-24, February 2021.

50 Johnston, M. F., et al., "The Lure of (Violent) Extremism: Gender Constructs in Online Recruitment and Messaging in Indonesia", p. 6, 9-10, *Studies in Conflict & Terrorism*, 2020.

51 Berger, J. M., "How ISIS Games Twitter", *The Atlantic*, 17 June 2014. Source: https://www.theatlantic.com/international/archive/2014/06/isis-iraq-twitter-social-media-strategy/372856/; CBS News, "ISIS Launches Twitter App For Android Phones", 17 June 2014. Source: https://washington.cbslocal.com/2014/06/17/isis-launches-twitter-app-for-android-phones/

52 Caniglia, M. et al., "The Rise of the Right-Wing Violent Extremism Threat in Germany and Its Transnational Character", p. 2-6, *ESISC Analysis*, 2020.

53 Gallard, A. M., "France's mal-être: Exploring the root causes and other explanatory factors behind the rise of radicalization in France", p. 48-49, Master dissertation, Charles University, 2019.

54 Roberts, N., "The life of a jihadi wife: Why one Canadian woman joined ISIS's Islamic state", *CBC News*, 7 July 2014. Source: https://www.cbc.ca/news/world/the-life-of-a-jihadi-wife-why-one-canadian-woman-joined-isis-s-islamic-state-1.2696385

55 Speckhard, A., Shajkovci, A., "The Balkan jihad: Recruitment to violent extremism and issues facing returning foreign fighters in Kosovo and Southern Serbia", *Soundings: An Interdisciplinary Journal*, Volume 101, no. 2, p. 85-88, 2018.

56 Rotella, S., Zucchino, D., "Embassy plot offers insight into terrorist recruitment, training", *Chicago Tribune*, 22 October 2001. Source: https://www.chicagotribune.com/nation-world/sns-worldtrade-embassyplot-lat-story.html

57 "Pakistan to execute 5 'hardcore' al-Qaeda terrorists for bus attack", *The Economic Times*, 12 May 2016. Source: https://economictimes.indiatimes.com/news/defence/pakistan-to-execute-5-hardcore-al-qaeda-terrorists-for-bus-attack/articleshow/52244109.cms

58 Dalipi, A., "Understanding The Roots, Methods and Consequences of Islamic Radicalization in Kosovo", p. 64-66, Master Degree Graduate Thesis, Missouri State University, 2016.

第五章　怎樣應對「激進化」？

59 聯合國文件中經常將「激進化（radicalization）」與「暴力極端主義（violent extremism）」並談。根據聯合國開發計劃署 2016 年的討論文件，「激進化是極端暴力主義的重要『前奏（precursor）』」，而激進化的結構性因素最後很可能導致極端暴力主義的出現。

60 United Nations Development Programme, "Preventing Violent Extremism Through Promoting Inclusive Development, Tolerance And Respect For Diversity", p. 26, 38-39, New York, 2016.

61 United Nations Secretary-General, "Plan of Action to Prevent Violent Extremism – Report of the Secretary-General", *United Nations General Assembly*, A/70/674, p. 3-4, 24 December 2015.

62 "Work Plan of the ASEAN Plan of Action to Prevent and Counter the Rise of Radicalization and Violent Extremism (2019-2025)", Adopted by the 13th AMMTC, 27 November 2019.

63 ASEAN Secretariat, "Joint Statement Thirteenth ASEAN Ministerial Meeting on Transnational Crime (13 TH AMMTC)", 28 November 2019.
Source: https://asean.org/joint-statement-thirteenth-asean-ministerial-meeting-transnational-crime-13-th-ammtc/

64 United Nations Secretary-General, "Plan of Action to Prevent Violent Extremism – Report of the Secretary-General", *United Nations General Assembly, A/70/674*, p. 10-13, 24 December 2015.

65 Office of the Prime Minister, Republic of Kosovo, "Strategy on Prevention of Violent Extremism and Radicalisation Leading to Terrorism", p. 14-15, Pristina, September 2015.

66 同上，第 18-25 頁。

67 Kudlacek, D. et al., "Prevention of radicalisation in selected European countries: A comprehensive report of the state of the art in counter-radicalisation", *Pericles Result Report*, p. 105-110, 115-116, Hannover, Germany, 24 June 2017.

68 聯合國教科文組織，「防止暴力極端主義」。
網址：https://zh.unesco.org/preventing-violent-extremism

69 Sas, M. et al., "The Role of Education in the Prevention of Radicalization and Violent Extremism in Developing Countries", *MDPI: Sustainability 2020*, p. 3-4, Basel, 16 March 2020.

70 社會對「critical thinking」的中文譯法有不同意見，本書採納「慎思明辨」的譯法。
詳情請見：葉劉淑儀：《Critical Thinking 的翻譯問題》，立法會 CB(2)222/08-09(01) 號文件，2008 年；及
鄭國漢：《「明辨（性）思考」還是「批判（性）思考」？》，星島日報，2021 年 1 月 11 日。
網址：https://std.stheadline.com/daily/article/2324717/%E6%97%A5%E5%A0%B1-%E6%B8%AF%E8%81%9E-%E4%BE%86%E8%AB%96-%E6%98%8E%E8%BE%A8-%E6%80%A7-%E6%80%9D%E8%80%83-%E9%82%84%E6%98%AF-%E6%89%B9%E5%88%A4-%E6%80%A7-%E6%80%9D%E8%80%83

71 Sas, M. et al., "The Role of Education in the Prevention of Radicalization and Violent Extremism in Developing Countries", *MDPI: Sustainability 2020*, p. 7-8, Basel, 16 March 2020.

72 United Nations Development Programme Regional Bureau for Africa, "Journey to Extremism in Africa: Drivers, Incentives and the Tipping Point for Recruitment", p. 39-40, New York, 2017.

73 Aiello, E., Puigvert, L., Schbert., T., "Preventing violent radicalization of youth through dialogic evidence-based policies", *International Sociology*, Volume 33 (2018), p. 442–443.

74 Neumann, Peter R., "Countering Violent Extremism and Radicalisation that Lead to Terrorism: Ideas, Recommendations, and Good Practices from the OSCE Region", p. 23, The International Centre for the Study of Radicalisation and Political Violence, London, 28 September 2017.

75 "Nigeria prison uses sport to reform Boko Haram members", *BBC News*, 11 September 2015.
Source: https://www.bbc.com/news/av/world-africa-34217187

76 Kudlacek, D. et al., "Prevention of radicalisation in selected European countries: A comprehensive report of the state of the art in counter-radicalisation", *Pericles Result Report*, p. 38-39, Hannover, Germany, 24 June 2017.

77 Organization for Security and Co-operation in Europe, "The Role of Civil Society in Preventing and Countering Violent Extremism and Radicalization that Lead to Terrorism: A Guidebook for South-Eastern Europe", p. 17-18, 26-27, Vienna, Austria, August 2018.

78 同上，第 20-22, 27-28 及 63 頁。

79 Centre for the Prevention of Radicalization Leading to Violence.
Source: https://info-radical.org/en/

80 該組織受到克羅地亞科學、教育和體育部所資助，並擁有獨立於政府的管理架構和員工。

81 European Commission, "Intercultural education through the subject 'Cultural and Spiritual Heritage of the Region' (CSHR)".
Source: https://ec.europa.eu/home-affairs/content/intercultural-education-through-subject-cultural-and-spiritual-heritage-region-cshr_en

82 European Commission, "Radicalisation Awareness Network".
Source: https://ec.europa.eu/home-affairs/what-we-do/networks/radicalisation_awareness_network_en

83 Kudlacek, D. et al., "Prevention of radicalisation in selected European countries: A comprehensive report of the state of the art in counter-radicalisation", *Pericles Result Report*, p. 67-69, Hannover, Germany, 24 June 2017.

84 Neumann, Peter R., "Countering Violent Extremism and Radicalisation that Lead to Terrorism: Ideas, Recommendations, and Good Practices from the OSCE Region", p. 46, The International Centre for the Study of Radicalisation and Political Violence, London, 28 September 2017.

85 聯合國教科文組織，「防止暴力極端主義」。
網址：https://zh.unesco.org/preventing-violent-extremism；
"Resolution 2250 (2015)", *United Nations Security Council, S/RES/2250*, 9 December 2015.
Source: https://www.un.org/en/ga/search/view_doc.asp?symbol=S/RES/2250(2015)

86 "Mr. Hanif Qadir", *The International Institute for Justice and the Rule of Law*.
Source: https://theiij.org/mr-hanif-qadir/

87 "Active Change Foundation - Tackling extremism by teaching young people leadership skills", The Charity Awards.
Source: https://charityawards.co.uk/past-awards/2016-2/active-change-foundation/

88 "ACF Young Leaders Programme", *Tumblr*, 16 August 2016.
Source: https://acf-young-leaders-programme.tumblr.com/post/149032878009/heres-our-newsletter-from-the-alumnni-event-just

89 International Organization for Migration, "Youth Violence and the Challenges of Violent Extremism in Zinder", p. 9-10, 62, 67-69, Geneva, Switzerland, 2018.
Source: https://publications.iom.int/system/files/pdf/youth_violence_en.pdf

90 Woodhams, K. M., "Connections Among Communities: Preventing Radicalization And Violent Extremism Through Social Network Analysis In The Threat And Hazard Identification And Risk Assessment (Thira) Framework", p. 57, Master's thesis, US Naval Postgraduate School, December 2016.

91 同上，第 55 頁。

92 Picarelli, J. T., "Radicalization and Violent Extremism: Lessons Learned From Canada, the U.K. and the U.S.", p. 16-20, National Institute of Justice, 30 July 2015.

93 同上，第 16 頁。

94 Sikkens, E., et al., "Parental Influence on Radicalization and De-radicalization according to the Lived Experiences of Former Extremists and their Families", *Journal for Deradicalization*, Fall 2017, p. 213.

95 同上，第 216 頁。

96 Siegel, A., et al., "Youth Radicalization: Interventions and Challenges for Prevention", p. 6, The Hebrew University of Jerusalem, April 2019.

書名：《點・解・激進化》

編著： 湯東憲　袁匡俊
出版： 一國兩制研究中心有限公司
發行： 香港聯合書刊物流有限公司
版次： 2021 年 8 月初版
書號： 978-962-481-064-6

閱讀《點・解・激進化》電子書
請掃描下方二維碼：